inge

Iba de gaunz oaman Fraun

Iba de gaunz oaman Fraun

Christine Nöstlinger

J&V

INHALT

Nua ned drau rian

Nua ned drau rian
sunst muas i wana
und höffn kaun ma e kana
in meina Nod.

Nua ned drau rian
sunst muas i heun
und hea eich scho feun
iba mei Lad.

Nua ned drau rian
sunst muas i plärn
und dadad eich schdean
in eichara Hez.

Nua ned drau rian
sunst muas i flenna
und sich eich scho renna
weg vun dem Zaunk.

Nua ned drau rian
sunst muas i schrein
und ia tats eich gfrein
iba mei Wud.

Nua ned drau rian
sunst muas i brün
und i was do, das' nua auf'd schdün
Weiba schded's.

Nua ned drau rian
sunst gschicht wos in mein Hian
sunst drari duach
und suach
ma a große Schea
und foi iba eich hea.

Sunst hol i ma wos
aus da Drogerie
und a gaunze Kompanie
vun euch is daun hi.
8 Sunst pock i
a gschliffanes Messa
und erscht
waun des bluadad ist
gehts ma daun bessa.

Nua ned drau rian
sunst nimmi
a Krochn
und daun wiad eichs Lochn
endgütig vageh.

Kennt's des vaschdee?
Eh gloa –
des kennt's ned vaschdee!

9

Mei Mama
hasd Nowak Marie.
Mei Oma hasd
Nowak Marie.
Nowak Marie
has i!
Und des Kind, wosi
jezn griagn wea,
wiad haßn:
Nowak Marie.
S kunt natirlich
a Bua wean.
Meglich
warat des scho.
Oba Männa
hod's bei uns
no nia gem,
und i glaub,
des bleibd a so.
Das mia olle drei
kan Mau haum,
kan fiad Oma,
kan fiad Mama,
und a kan fia mi,
das uns olle drei
oiweu sizn haum losn,
kapia i
mei Lebdog laung nie!
Mia san net aundascht
wiad aundan.
Mia san net graung
und ned bled.
Mia san ned schiach
und ned grantig.
A feula
wiad aundan

sama ned.
D Mama und d Oma,
de manan,
das ma bessa drau san
auf launge Sichd.
Sie sogn,
i soi do net wanan
und fro sei
dasin los bin,
den Wicht.
I wan do net
um den Deppn.
Den winsch i
zum Deife hi!
I wan,
weuli
a bisl a Aungst hob
um de neiche
Nowak Marie.
I wü ned,
das des so weidarend,
Nowak Marie
auf Nowak Marie
auf Nowak Marie!
Es gibd do ned nua
Schufdn auf da Wöd.
Es gibd do a Mauna
mid Sö und mid Göd
und mid Hian
und mid Heaz
und mid Gfü!
Und so an wü i
fiad neiche Marie!
Owa a Nowak
griagd so an
do nie!

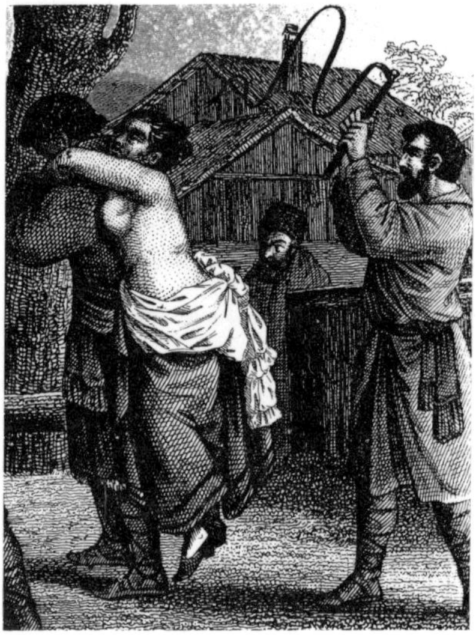

Schlau muasd sei!

Waunama
ane drugd,
hobi no nia
mid da Wimpa zugd.
Hegsdns
fuad Fias
hobi eam gschbugd
und mi daun
gschwind
dugt,
dasama
net no ane drugd.
Oba
richdig aufbegean
und mi echd wean,
des schded si
ned davua.
Do hobi echa
mei Rua,
wauni so dua,
wia waunimi
fiachdn dad.
Dasi eam
kane klesch,
eam ned
uandlich vaplesch
– des warat
nämli drin –
weuli vü
schdeaka bin,
kumd davau,
weusasi
fira Frau
ned ghead.
Und weusd Nochbarn
a vü mea schdead,
waun a Mau
um Hüfe plead.

Wosd Frau vom Autonoan mand

Hümeheagodsakraschtetn
is des Maunsbüd
no zu rettn?
Vuan und hintn
nigs wie Schuidn
und im Taschl
keinen Guidn.
Toteu schdia san mia!
Oba ea kaufd si
an neichn Wogn.
Und do kaunst sogn,
wosd mogsd.
Und sogst
nua a Wuat zvü
und bist net glei schdü,
renda davau
und i kau
eam vum Wiatn hamhoin.

De Wiatsheisa soin
vabotn ghean,
weu si de Wiatn
net drum schean,
ob de bsoffanan Noan
min Auto hamfoan.

D Ratn vum letztn Wogn
san no net zoid,
und i muas ealich sogn,
waun net boid
a Wunda gschicht,
daun sama drau.
Das si dea Mau
net endan kau
is a Gfrett.
Hätt i do nua

auf mei Mama ghead,
de hod des
scho imma gschead,
das dea blede Bua
nua Tschesna
im Schedl hod
und vun frua bis schbod
vun nigs aundan red.
Oba jezn is zschbed.
Und afoch davauge
is a bled,
weu auf ole Autovatreg
mei Naum draufschded.
Und des mecht i segn,
das a anzige
Ratn zolad,
wauni nimma dahinta wa.
Und aus olle Woikn
folat a a!
Weula mi mog.
Jedn Tog sagta mas,
damid is waas.
Ned lem
kunt dea Ziaglbem
ohne mi.
A aundare schaut dea Mau
goa net au.
I bin sei erschde
und a sei letzte Frau.
Des wasi genau.
Und wauni mi
beid Freind umschau,
is des a Sötenheid,
de wos mi gfreid.
De aundan wexln de Weiba
wia meina de Tschesn.
De haum ole Bod laung
an neichn Besn.
Be denen kuman
auf an Kiwe

zehn Zechn.
Und i
hob scho
zwanzg Autos
iwalebt.
Sowas hebd
des Söbstbewusdsei.
Waunst da des
iwalegst,
bisd glei
vü zfridena,
wia schuidnfrei,
oba allanich
und gschidena.
S gibt em ka Ehe
gauns ohne Suagn.
Und waunis muagn
sche bitt,
wiad ma mei Mama
fian Schbrit
scho wieda
a Bazl wos buagn.

Hob mi do gean

Waunsd
net hamkumsd,
is ma fad.
Waunsd
ewig fernschausd,
duri ma lad.
Waunsd
ma ausn Weg gesd,
weri gauns schdad.
Waunsd
nix redst auf mi,
bini toteu vadrad.
Waunsd
mi nimma gean hosd,
frisi mi blad.

Und daun
schdesd sche depat do
ois da Mau
vun da digstn Frau
im Gemeindebau.

21

A Frau
muas imma wos duan,
sunst
isd Famülie valuan.
A Frau,
de wos ohne Oabeid wo hugd
und mid kana Wimpa
net zugd,
waun ian Mau
des Hemadknepfe föd,
is gauns umasunst
auf da Wöd.
Und's Kostgöd ned weat,
wos griagd!
A Frau,
de ins Romanbiachl schaud,
waunsi ia Mau,
de oame Haud,
s Hemadknepfe söba aunad
ghead hamdrad.
Weu de is ka Ea
fia unsa Geschlecht!
A Frau
muassi imma a Oabeid wissn,
sunst is ia Famülie
toteu beschissn.
A Frau
muas fian Mau
und de Kinda lem
und denan
ia Krofd
und ia Ausdaua gem.
A Frau
deaf si ned
um si söba schean.
A Frau

deaf si ned
gengan Haushoid wean.
Ihre Täg
und ihre Nächt,
de ghean
ia ned.
Und aufn Mau,
a wauna bled
is,
muass hean
und so tuan,
ois was
ohne eam
valuan.
S Lem
vun ana Frau
is opfern
und Plog.

Worum des so is,
is a aundare Frog,
de wos ma si afoch
ned schdöd,
weu dei Manung dazua
ned zöd.

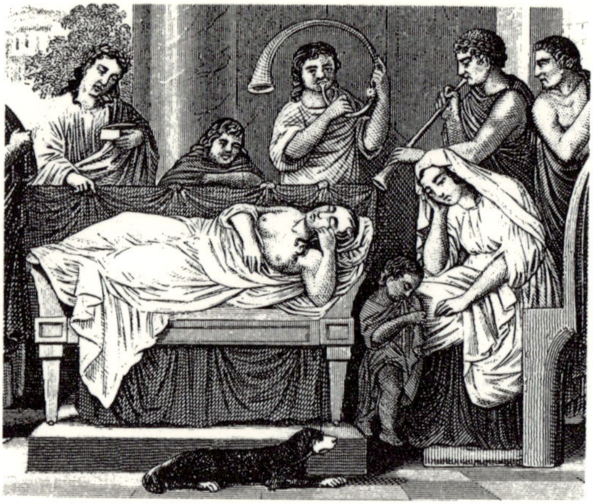

A blede Gschicht

D Gabi
hobi vum Edi.
Vum Fredi
is de Marie.
Kaun sei,
de zwa haum mi
gean ghobd,
do vum Heiratn
de Red
woa nie.

Dem Michi
sei Vatan
hasd Meier.
Dem sei Frau
schaud drauf,
dasa zoid.
Weu de schreim
des o
vun da Schdeia.
De zwa
haum a Bozn
Gehoid.

Nua fiad
Kati
hobi leida
kan Vati.
Des muas no
da Richta klean,
wöchana
vun de drei Hean
auf mei Kati
paßt.

Vund Augn hea,
vund graun,
tät'sn Hansi gleichschaun.
Obad Oawaschl
san mea nochn
Dokta Rautaschl.
Und ihre Hend
und di klan Zend
erinan mi imma
aunan Buam vun da Wimma.
Bled is nua
s Muttamoi
auf ihra Schdian.
Weu unsa Hausmasda
hod a so ans
aum Hian.

Und vum Hausmasda
hobi nigs gsogd,
wias mi gfrogd haum
bei Gericht.
Jezn is des
a blede Gschicht!
Weu waun
de drei Kindsväta
des gneisn
und si eanare
Pappna zareisn,
bini im Eck
und kriag an Dreck.

Und de Fürsorgerin
schreid mi
daun wieda au,
worum i ma goa nigs
damerkn kau?

A Frau gibd au

Gesdan aufd Nochd
bini mi hamdran gaunga.
Augfaunga hods,
weula hamkumma is
und i ka Nochdmoi ghobd hob
fia eam.
Do hoda gfeud.
A Wuat hods aundare gem,
und wiri gsogd hob,
dasi nigs kochn hob kenna,
weuli ka Göd mea hob,
hoda gschrian,
wauni zum Gödeiteun
z bled bin,
soli mi aufhenga ge.
Des kaunst haum,
hobi ma dengd,
und bin gaunga.
Ohne Mauntl,
ohne Schiam,
ind Schlapfn.
Gschütt hods
wia mid Schaffeln.
Unds woa no ned schbed.
S woan
no sea vü Leid auf da Gossn.
A bisl hods mi gwundat,
das si de ned wundan,
waun eana ane
gauns ohne Mauntl
ind Schlapfn
entgegn kumd.
Weu mi ded des wundan.
Oba dasi gheud hob
hod ma ned gsegn,
weus jo so daschld hod.

I hob wo
owaschbringa woin,
drum bini
zur Eisnbaunbrukn ume.
Oba grod
wiri ma dengd hob:
jezn hapst!
is a launga Gütazug
unta da Brukn duachgfoan,
und i hob
Bedenkn griagd,
obd Brukn
hoch gnua is.
Weu mid nigs
wia zwa brochane Hagsn
und ana vaschdauchdn Haund
auf an Wagondachl
im Baunhof aukumma,
hobi ned woin.
Ins Wossa geh,
hobi ma dengd,
ist gscheida.
Waschlnos
wori eh scho
und köda
ois wia ma is,
hobi gmand,
kaun ma im Wossa
a nimma wean.
Oba da Weg
zum negstn
brauchborn Wossa
– waunst in Ottagring bist –
is weid.
I bin
de Taliaschdrosn eine
und den Giatl ume,
weuli zua Donau hob woin.
Bei da Schdodbaunhoidschdö
Wäringaschdrosn

woan meine Schlapfn
beim Teife.
De san richdig zagaunga
im Regn.

Bloshapat bini weida
und hob ma ibalegt,
obi min Hoiskettal
ins Wossa geh soi
oda ohne.
Anaseits,
hobi ma dengd,
warats gscheida,
i schengads wem.
Vileichd ana Frau,
des wos min Kostgöd
nia auskummd.
Aundaraseits,
hobi ma gsogd,
wern d Wossaleichn
efta erscht
sea schbed gfundn
und schaun si daun
goa nimma ehnlich.
Und do warat des Kettal
min Datum vun meina
Erschtkommunion
hintn aum Schuzengel drauf
a Hinweis.
Duat wo da Ochta
de Schleifn mochd,
hobi nimma weida kenna.
I woa so miad
und de Fias
hauma so wehtau.
De Zend hauma gschebad,
ollas hod zidad aun mia
vun da Ködn.
Oba zum Dafrian
woas net koid gnua.
Hest auf eam ghead,

hobi ma dengd!
Warast eam gfoigd
und di aufhenga gaunga,
hengasd jezn scho
längsd daham
im Trockanen
aum Dochbon
aum Schdrig,
mid zwa Raufaungtaum
auf die Schuitan,
und ka Banl mea
dadad da weh!
Do hobi
auf amoi so a Wud griagd,
so a eiskoide
zidrige
zendklaprige
nosse Wud,
weuli net eisich,
dasa imma
s letzte Wuat haum soi!
Wiri mas Lem nimm,
du Trottel,
hobi ma dengd,
is gauns allanich mei Soch!
Des wirst ma du
net vuaschreim!
Do redst ma du
nigs drei!
Gauns munta
hod mi des gmochd.
Woam is ma wuan
und zidad hobl nimma.
Vüle, vüle
Scheinwerfaliachtaln
san den Giatl aufekumma,
in Dreia-Reihn,
und i bin eana
entgegngrend.
So schnö,

VXORI OPTIMAE
ALBERTVS

wie no nie im Lem.
Mit dem,
das si bei dem Regn
no ana einbremsn kau,
hobi net grechnd.

Jezn lieg i
in an weißn Zimma
in an weißn Bett
unta ana weißn Deckn
in vü weißn Gips.
Und grod woa
a gauns weiße Frau bei mia
und hod mi gfrogd,
worum i des
gmochd hob,
und hod gsogd,
dasi eisegn muas,
das des a Bledsinn woa.
I sichs jo ei!
Ollas, wosi moch,
is a Bledsinn.
I was jo eh!
Ollas, wosi moch,
is ohne Vaschdaund.
Und i vaschbrichs!
Wauni mi s negste Moi
hamdran ge,
huach i auf eam.
Und heng mi auf!

Wia geds da denn?

I kunnt
ned sogn,
das ma
schlechd ged.
I kunnt
ned sogn:
Mia geds guad.
I kunnt
ned sogn,
dasi
bleim wü.
I kunnt
ned sogn:
I wü fuat.
Mia haums
hoid nia
wos woin
glernt,
drum
wasi a ned
wosi wü.
Drum
lebi hoid weida,
wias das du wüsd,
und hob
ned vü Hez
und hob
ned vü Lad
und wea
zimlich schdü
und bin
zimlich schdad,
und meisde Zeit
isma fad.

A Frau redt in Schbiagl eine

Waun
mei Mama
schdod mia
an Buam
griagd hedad,
warad
des sche,
weu daun
dedad's
ma bessa ge.
Waunst
net Andrea,
sundan
Andreas
hasn dedasd,
hedasd
a glasse
Viazgstundwochn
und brauchasd
ned kochn
ned woschn
ned flikn
ned bigln
ned buzn
ned nahn
und ned schdikn
ned den Scheam
vun di Baumsn
austrogn,
fias Kosdgöd
ned tausendmoi
daungsche
sogn
und di ned
in anadua
beklogn,
das dei Oabeid

nigs zöd,
weus ka Göd
eibringd
und nigs
auseschbringd
beim Hakln
daham.
Waunst
ned da Mama ia Mensch,
sondan
dem Papa sei Bua
wuan warast,
miasasd
vielleicht
a ned so vü saufn.
Und waunsdas
scho miasasd,
diafasd
es wenigsdns
beim Wiatn duan,
vuan
aun da Schaunk
mit de Habara
und ned
hamlich daham
und alla.
Waunst
a Mau sei dedasd,
hedasd
a kan Grund,
den Rum
ins Colaflaschl
z füll.
Unds ded
kana brün,
waunadi
dabei dawischt.
Weud Mauna
diafn
an Haufn

saufn,
bevua mas eana
üwe nimd.
Owa a bsofane Frau
is a Schaund
und a Sau,
vua dea am
grausn duad.
Und warat
i a Mau
und ka Frau,
daun
schbugad i aus
vua dia.
Des garantia
i mia!
Fia soichane
wia di
hedad i
ka Mitgefüh.
Und waunsd
net boid schdü bisd
und dein Schlapfn
hoidsd,
hauri di zaum!
Und glaub
deine Scherm
ned auf.
Soins drauf dredn,
de bledn
Hund.
Und sie eanare Hagsn
bluadad schnein.
Worum
soi denn imma nua i
oisa anzige
sovü leidn?

I mechdad so gean

I mechdad
so gean
davau renna
vun eam.
Sei hinigs Gschau
nimma segn.
Seine bledn Schbrich
nimma hean.
I mechdad so gean:
nigs wia
davau renna vun eam.
I mog eam
nimma riachn,
den schiachn
Hund.
I kunt
scho narrisch
wean,
heari eam nua
de Tia aufschbean.
I mog eam
net gschbian
den Offn,
den schdian.
Und wauna so bled
ind Gegend schaud,
griag i
a echde Ganslhaud
den Bugl owe
bis zud Knia.
Das mia
amoi gheirad haum,
unsa Hez
ghobt haum zaum,
ka Stund
ohne dem aundan

sei haum kenna
und nia mea
uns trenna haum woin,
das mia
dea Kerl gfoin
hod kenna,
vazeih i eam
nia!
Ich mechdad
so gean
davau renna
vun eam.
Sei hinigs Gschau
nimma segn.
Seine bledn Schbrich
nimma hean.
I mechdad so gean:
Nigs wia
davau renna vun eam.
Und wauni
net scho wieda
schwaunga wa,
daun dadat is a,
daun dadat is a!

Maunchsmoi
hods mi
scho gschdiad,
oba brav
hobis
imma wieda
probiad.
Seine Hemada
hobi bigld.
Sei Hundsviech
hobi gschdrigld.
Beim Hamkumma,
de Schlapfn,
bis zua Tia
hobi eams brochd.
Und vum Wiatn
Zigaretten ghoid
hobi eam,
mitn in da Nochd.
Hundat Untagattinga
hobi eam gflikd,
zwa duzend Pullovan
hobi eam gschdrigd.
Seine vahadschdn
Schuach
hobi puzd
und sein Schnuaboart,
wauns eulig woa,
hobi gschduzt.
Im vaschdobfdn
Scheißheisl
hobi gschdiad,
damidasi den
Inschdalader
daschboad.
Amoid Wochn

hobi sei Renradl
gschmiad
und mid seina
Schdeiaerklerung
hobi mi
aum Finanzaumt
vaiad.
Im Bett
hobi nia ned
Mandaln gmochd,
und hoda a aundare
in Oasch zwigd,
hobi nua glochd.
Maunchsmoi
hods mi
scho gschdiad,
oba brav
hobis
imma wieda
probiad
und woat
no heit
auf des schene Gfüh
vum schenan Glik,
des wos ma
vaschbrochn haum
fiad
aufopfernde Tätigkeit
aun an
geliebtn Ehemann.

Unmegliche Dram

I mechdad
so gean
amoi
an Mau
auredn.
Aun
an schbedn
Obend
auf das Gossn
mechdad i
zerscht
hinta eam geh
so
drei Heisablek
laung
und schaurad
man au
gauns genau
de Schiutan
de Hüftn
de Hagsn
den Gaung.
Gustirad,
oba
ma gfoid,
oba
vun vuan
net z oid
oda z schiach
sei kuntad.
Und daun
holat i auf,
legat
mei Brozn
auf sei Schuita
drauf

und sogat:
Worum denn
so allanig,
schöna Mann?
Derf i ina
hambegleitn
oder
zu an Viatal
verleitn?
Daun
hengad i mi
ei bei eam
unds ded
mi goa ned
schdean,
wauna
des ned wü
und si
a bisl wead,
weu des ghead
zu an Aufris
dazua.
I sogat
nua:
Oba Bua!
Dua
da nigs au!
Und schlepat
eam o
ins negste
Beisl
und zolad
dem Heisl
zwa Viadl
und zwik eam
ins Gnia
und wischba
eam zua:
Jezn gemma
no ham

zu mia!
Oba
des san
jo ollas nua
blede Dram.
I was eh
genau,
das a Frau
kan Mau
auredn
kau.
Sunst
hoid mas
fira Hua,
und des
schded si
net davua.
So a bleda
Bua
is des Gfrett,
des ma
daun hätt,
net wert.
Weus am
jo do
recht schdead,
wos de Leid
so redn.
Drum
hoid i mi zruk.
Und dram nua
davau,
aum Obend
aum schbedn
hinta an Habara
her z geh
und eam eiz'nan
und eam z'vazan
und eam daun
augland

lossn
und
aum negstn Tog
auf da Gossn
aum Obend
aum schbedn
den negstn
auzredn.

Du bleda Bua

I bin
gean
öta
und öta
und imma
öta wuan.
Weu
jung sei
woa ma
a Graus.
Oisa
junga
hobi glitn
wira bluadade Sau.
Oisa
junga
bini im Unglik
fosd dasofn.
Drum
hobimi
iba jeds
weiße Hoa
narisch gfreid,
und wiri
gsegn hob,
dasi
zwa Foitn griag
iba da Nosn,
hobis
imma gschdreichld
vuam Schbiagl,
dasasi
woifün bei mia.
Und wiri
de Graumbfoda
zum easchtn

Moi
tikn gschbiad hob
aum Wadl,
hobi
beim Wiatn
an Doppla
ausgem.
Und wia ma
da Ekzaun
woglad
wuan is,
hobi eam
jedn Tog
beim Zendbuzn
an glan Schdesa
gem
und hob
ma dengd:
Jezn
hosdas
boid vuariba!
Jezn
is des ollas
boid vuabei!

Weiß
bini wuan
und foitad
und blad.
Schdad
bini wuan
und unhamlich
zfriedn.
D Handaln
hobi
iban Bauch
zaumglegt,
gmand hobi,
mia kaun
nigs mea gschegn.

Und daun
kumst du dahea,
du groβa
blonda
bleda
Bua,
und i schau di au
und i huach da zua,
du groβa
blauaugata
bleda
Bua,
und i mecht
mad weiβn Hoa
ausreiβn,
und ich mecht
mad Foitn
wegbegln.
I mecht
de Graumbfoda
dem Dogda
schengn.
I mecht
man Eckzaun
eibetoniern.
I mecht
wieda
leidn kenna
wira
bluadade Sau
und Roz und Wossa
heun
wegn deina.
I mecht,
dasma
wieda wos gschegn
kau vun dia.
I mecht
nimma mea
mei Rua haum

mit mia.
I wü
wieda zidan
und woatn
auf di.
I wü
nimma
haglich sei
auf mi.
Waunsta
an Züpfe
vum Lem
dakaufst
und dafua
im Unglik
dasaufst,
is des
net
da bledaste Tod.
I wü
wos
riskian.
I wü
wos gschbian.

Nua
sogmas ealich,
du großa
blonda
blauaugata
bleda Bua:
Traust
ma des
ibahaupt
no zua?

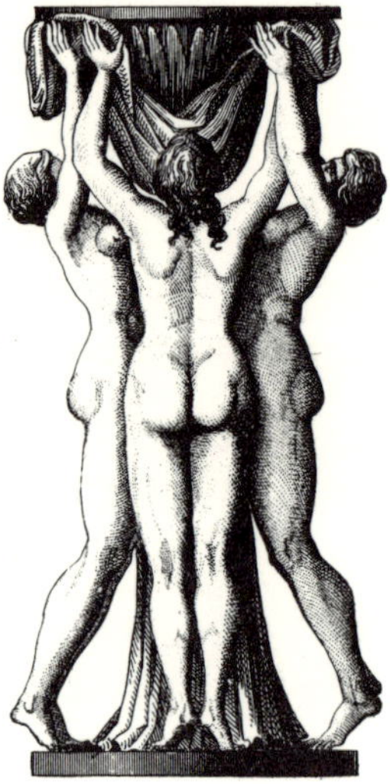

I mog di

I ded da gean sogn
dasi di mog,
i ded di gean frogn
worumst ma nia sogst
dasd mi mogst.
Oba
solaung i nigs sog
solaung i nigs frog
kauni bei dia bleim.
Wauni
amoi nua sog
wiri di mog
und di auschau dabei
is mit meine Dram vuabei.
Wauni di
amoi nua frog
worumst ma nia sogst
dasd mi mogst
und dei Auntwuat hea
folats ma schwea
länga zum Bleim.
Weu a glans Bazl Schdoiz
hobi a.
Und bevua i was,
wia du
zu mia schdesd
bleib i liaba alla.

Dunasdog um zwöfe

I won in an Haus,
wos 8 Schdogweak hod.
Im 7tn Schdog
beim 6tn Fensda
vun rechts her zöd
faungd mei Wonung au.
Beim 5tn Fensda
vun lings aus grechnd
heads auf.
158 Wonungan
hod Genosnschofd baud.
Des hasd:
Mia san 474 Leid
im Haus,
weu jede Famülie
beschded aus
Vata, Muta und Kind.
E gloa!
Maunchane Leid
haum zwa Kinda.
Oba dafua
haum aundare kans.
Und des
gleichd sie aus.
Das mei Nochbarin
Bogna hasd,
wasi.
Des schded aun ira Tia.
Und untn beim Lifd
hängd a Tofe,
auf dera
schdengan de Naumen da Mita
und dahinta
des Numara vun ira Tia.
Wauni aufn Lifd woat,
lern i de Naumen,

und wauni schbeda daun
bei mein Fensda schde
und owa schau
und an ins Haus ge sich,
deng i ma aus,
wöchana vun de Naum
vun da Tofe
zu eam basd.
Iwa mia is a Kind,
des wos vü schreid.
Ned nua aum Tog,
a in da Nocht.
Unta mia wond ane,
de is varugt.
De hod ma an Zedl
aund Tia bigd,
drauf is gschdaundn,
i soi in da Kuchl
ned Roischuach foan.
Aum Dunasdog
kochn olle Fraun im Haus
Schbinod.
Des wasma,
weu aum Freidog
de Misdkiben
voi Schbinodpakeln san.
De Kuchln in unsan Haus
– weus wegn die Inschdalationen
bülliga woa –
san olle iwaranaund.
Und de Gashead,
de wosd Genossnschofd
ind Kuchl gschdöd hod,
schdengan olle
in da Fensdaekn
aun da Bodzimmawaund.
Kuchl
auf Kuchl
auf Kuchl
bis untas Doch.

Und jedn Dunasdog um zwöfe
schdengan 158 Weiba
unterana und
iwaranaund
fua eanare Gashead
und glezln
grosgrine Wiafen
aus eiskoide Pakeln
und schiams
in de Reindln umaranaund,
bis a Schbinod draus wiad.
A Schbinod
mid Eibrenn und Knofe.
Da gleiche Schbinod
aum gleichn Head
gleichschnö griad
is gleich schnö featig.
Jedn Dunasdog um hoiba ans
nimi mein Töla Schbinod
und sez mi zum Tisch.
Da Lefe tauchd ei
in de grosgrine Baz,
i schau aufe zum Blafon
und owe zum Fuasbon
und brü
so laud,
das duach de dinan Meian
dröna muas:
Guadn Apadid!
Oba nia ned
kumt a Auntwuat.

Kana redt uns drei

Das ma kana
sogn duad,
uns gehd's
heit ned guad.
D Zeidn,
wo ma zidan
haum miasn,
de san
endgütig vuabei!
Jezn sama
auf uns gschdöd
und unhamlich
frei!

Fiad glan
hoamlosn Pün
kaunsti entscheidn.
Um de schenan
Schbireun
duad uns jede Oma
beneidn.
Aufn Knaus
kaunst hean
und a Tabön aulegn.
Aufn Ogino
kaunst schwean
und de Täg auszön.
A Termometa kaunst
eifian
und dieserart
de Fruchborkeid
kalkulian.
Mit schaumate
Kugaln
kaunsti wattian.
Mit ana Spredosn

deafsd hantian.
Mid ana
sauren Soim
kaunsti ausschmian.
Osaugn losn
kaunst,
waunst wüst.
Oda waunsti
dabei
bessa füst,
kaunst a
ausgrozn geh.

Nau,
haumas net sche?

Und waunstas
zuatraust,
kaunst
natialich
a Kinda griagn
und di mit eana
dawiagn.

Olle Mauna

Olle Mauna haum an Huscha,
olle Mauna haum an Spreck,
olle Mauna haum an Duscha,
sie an nema, hot kan Zweck!

Olle Mauna san Sadisten,
olle Mauna san aum Saund,
olle Mauna san Faschistn,
i wü a männaloses Laund!

Olle Mauna muas ma kastrian.
Olle Mauna muas ma vatreim.
Olle Mauna muas ma faschian.
Nua d Fraun diafn übableim!

Schlechd und echd ungerechd

A Mau
deaf ruig waumpad sei,
es redt eam kana
ind Fettn drei.
A blada Mau
is a schdatlicha Hea
und jedazeid guad
fian Geschlechdsvakea.
A Mau
deaf ruig a glozad sei,
ohne Hoa
is sei Zeid
no laung ned vuabei.
A Glodzn,
de zeigd vun guada Bodenz
und unhamlich hocha
Sexual-Frequenz.
A Mau
deaf schdinkn
noch Schweis
und an drum Zinkn
ois Nosn haum.
Und schiefe Zend.
Und feichde Hend.
Und Ölefauntnoawaschl.
Ea kaun baud sei
wira Müchflaschl.
Und a grezata Ausschlog
auf seim Hian
is diregd a Zia
fia sei Denkaschdian.
Mid seine
Abuaddeklbrozn
deafa si den
daun grozn.
Fia an richdign Mau

schbüd des ollas ka Roin.
Oba mia Fraun
soin
auf uns schaun.
Fia uns
foids Äußare ins Gwichd.
Fia uns
is Schenheid Pflichd.
Des is
schlechd
und echd
ungerechd!
Oba sogsd des
an Mau,
grinsda di nua
bled au,
und de Fraun
de so san,
wias soin,
de woin
des a ned hean,
weu de haum kan Grund
zum Aufbegean.
Und duasdi zaum
mid de Fraun,
ded gleiche Aunsichd haum,
sogn olle voi Freid:
De schiachn Uhudln
haum an Neid!
De Zeid,
wo si de Leid,
endan wean,
is leida no weid!

Gedichte von Christine Nöstlinger
iba de gaunz oaman Fraun.
Geschmückt von Haimo Lauth mit
Details aus Stichen nach Zeichnungen
von Johann Georg Heck zur Iconographic
Encyclopaedia of Science, Literature,
and Art, New York 1851.
Auf dem Einband: Ausschnitt aus dem von
X. A. Brendamour in Holz gestochenen
Gemälde „Die Löwenbraut" von Gabriel Max.

ISBN 3-224 16638-X Jugend und Volk Wien

 4887-82/1/250
Satz und Druck: Druck- und Verlagsanstalt Gutenberg,
2700 Wiener Neustadt, Wiener Straße 66